I0686737

Z

LE SENNE

L'IMPRIMERIE NATIONALE

DANS SES RAPPORTS

AVEC L'ÉTAT ET AVEC L'INDUSTRIE PRIVÉE.

PARIS.

IMPRIMERIE NATIONALE.

M DCCC LXXXIII.

TABLE.

ANNEXES.

L'IMPRIMERIE NATIONALE

DANS SES RAPPORTS

AVEC L'ÉTAT ET AVEC L'INDUSTRIE PRIVÉE.

L'Imprimerie nationale est une création de la Convention. Elle date de l'an III.

On commet une erreur en considérant cet établissement de l'État, tel que l'a fait et que nous l'a légué la Révolution française, comme la continuation pure et simple de l'établissement fondé en 1640 sous le titre d'*Imprimerie royale*. Louis XIII, voulant tirer parti d'un art nouveau pour la gloire de son règne, installa au Louvre une typographie d'érudition et de luxe. La Convention, voulant assurer l'exécution des impressions de l'État dans des conditions particulières de sûreté et d'économie, créa une imprimerie de la République. Celle-ci absorba naturellement la vieille Imprimerie royale, en ce sens qu'elle hérita de ce qui en restait encore comme mobilier et matériel; mais elle eut un tout autre rôle. L'imprimerie du Louvre faisait uniquement de l'art aux frais de la Couronne, autrement dit de l'État; la nouvelle eut pour mission de faire au mieux, quant au prix, à l'exactitude, à la rapidité, à la sécurité et aux soins typographiques, les impressions nécessaires au service du Gouvernement et dont le Trésor public couvre les frais.

Les lois des 8 pluviôse et 21 prairial an III, qui constituèrent cet établissement, ne firent que sanctionner à son sujet ce qu'avaient déjà décidé les lois des 14 et 27 frimaire an II.

L'Imprimerie nationale a été jalousée, attaquée en raison même, par la corporation des imprimeurs, dès le premier jour. En l'an IV, c'est-à-dire quelques mois à peine après sa création, ils contestèrent à l'État le droit de se donner ainsi un atelier pour ses impressions spéciales, comme il se donnait des personnels d'employés, de commis pour ses services, au lieu d'en mettre les travaux divers à l'entreprise.

Le but des imprimeurs était de s'assurer le bénéfice de ces impressions. Ce but pouvait se comprendre alors. L'industrie typographique ayant un champ de demande fort restreint, les impressions de l'État y auraient ajouté un appoint relativement considérable. Mais les imprimeurs n'ont jamais consenti, depuis l'an IV, à reconnaître que le champ de la demande s'était suffisamment agrandi devant l'industrie typographique; ils n'ont jamais cessé de vouloir bénéficier des impressions de l'État. C'est pourquoi ils ont renouvelé leurs plaintes et leurs attaques à chaque moment qui leur a paru favorable, à chaque changement de régime politique, à chaque renouvellement des pouvoirs publics, espérant faire placer leurs prétentions au rang des intérêts ou des principes qui commandaient satisfaction de la part du régime ou du fait nouveaux.

En l'an IV devant la Convention, en l'an V devant le Directoire, de 1800 à 1809 devant Napoléon Ier, de 1818 à 1823 devant la Restauration, dès septembre 1830 devant le gouvernement de Louis-Philippe, en 1851 devant l'Assemblée nationale, en 1860 devant Napoléon III, de 1870 à 1873 devant l'Assemblée de Versailles, récemment encore devant la Chambre des députés, les imprimeurs ont reproduit les mêmes griefs, avec les mêmes arguments et dans les mêmes vues. A cet égard l'insuccès ne les a pas rebutés.

Si cependant il est permis de dire d'une industrie, en France, qu'elle s'est vu ouvrir un champ de production immense depuis vingt-cinq années et surtout depuis 1871, c'est de l'industrie typographique. Après les industries des tissus, du fer et celles qui tiennent au bâtiment, aucune, à coup sûr, n'a reçu de la demande d'ouvrage plus d'extension que l'industrie des imprimeurs. Même en admettant qu'il lui eût été utile pour vivre, jadis, d'avoir la latitude de fournir à l'État les impressions dont il fait les frais, il est hors de doute que depuis assez longtemps elle n'en a plus besoin.

Toujours est-il que l'inanité de leurs efforts pour créer un courant d'opinion favorable à leurs désirs et obtenir des décisions qui les satisfassent n'a pas lassé les imprimeurs. Ils se sont fait une sorte d'habitude, pour arriver tôt ou tard à leurs fins, d'essayer presque annuellement de convaincre les représentants du pays et le public des idées suivantes :

1° Que l'Imprimerie nationale ruine l'État, en lui imposant des sacrifices;

2° Qu'elle travaille à des prix exorbitants;

3° Qu'elle travaille pourtant à perte;

4° Qu'elle fait à l'industrie libre une concurrence désastreuse;

5° Qu'elle n'aurait de raison d'être que comme imprimerie scientifique.

Les imprimeurs défendent-ils une juste cause en mettant en avant avec persévérance ces assertions? L'Imprimerie nationale peut répondre par la négative, sans hésiter. Pour le démontrer, elle n'a qu'à grouper et à placer sous les yeux de tous ceux auxquels il peut être nécessaire de se former un jugement, les faits et les raisons qui sont de nature à éclairer la question.

I. L'IMPRIMERIE NATIONALE PRÉJUDICIE-T-ELLE À L'ÉTAT?

Une chose que feignent d'ignorer les adversaires de l'Imprimerie nationale, ou plutôt qu'ils cherchent à cacher sous l'abondance des affirmations contraires, c'est que cet établissement ne coûte pas un denier à l'État et qu'au contraire il lui profite.

L'Imprimerie nationale tient de l'État le local qu'elle occupe, mais elle n'a jamais reçu et elle ne reçoit de lui aucune subvention. L'État n'a jamais fait pour elle de sacrifice. Le Trésor public ne lui a, à vrai dire, jamais rien donné.

Le budget de l'Imprimerie nationale, en effet, est uniquement un budget d'ordre. Il indique pour ordre les opérations que l'établissement prévoit devoir faire dans le courant de l'année suivante, voilà tout. À la section des dépenses, l'Imprimerie nationale inscrit ses frais présumés d'administration et d'exploitation; à la section des recettes, elle inscrit la prévision des produits par lesquels elle couvrira ces mêmes dépenses. Les Chambres, en votant son budget, ne lui accordent rien, ne lui donnent pas un centime, lui ouvrent seulement la faculté de dépenser jusqu'à concurrence du chiffre de ses prévisions. Et elles mettent à cela deux conditions : d'abord qu'elle fera des recettes *au moins* correspondantes à ses dépenses; ensuite qu'elle versera à l'État l'excédent de ces recettes sur ses dépenses, si cet excédent se produit.

Ainsi, l'Imprimerie nationale ne reçoit rien de l'État. En revanche elle lui donne, elle est productive pour lui. Elle est productive en valeurs immobilières, en valeurs mobilières, en plus bas prix des impressions qu'il a à payer, en bonis qu'elle lui reverse.

Voici à ces divers égards les résultats d'une période de vingt ans, de 1858 à 1878; les chiffres qu'ils présentent s'accroîtraient beaucoup si l'on ajoutait à ces vingt années les trois années suivantes :

1° *Valeur immobilière.* — L'Imprimerie nationale a reçu de l'État, en 1808, un immeuble situé rue Vieille-du-Temple, l'ancien palais du cardinal de Rohan, autrefois prince-évêque de Strasbourg. A coup sûr, peu de bâtiments pouvaient être alors moins propres que cette demeure aux besoins d'un établissement typographique; tout y a été à faire. Aussi un corps de logis central a-t-il seul conservé sa physionomie primitive.

Quelle était la valeur immobilière de l'hôtel de Rohan, le jour où l'État, rachetant ce bien national au premier adjudicataire, l'a affecté à l'Imprimerie nationale? 340,000 francs, estimation du 14 mars 1808, soit la moitié de ce qui fut affecté à l'Imprimerie et aux Archives nationales ensemble. Or, en 1823 déjà, la portion affectée à l'Imprimerie a pu être estimée 650,000 francs; en 1836, 1,038,000 francs; en 1878, 4,006,000 francs. Et en effet, les bâtiments annexes ont été transformés, reconstruits, surélevés, les jardins ont été envahis par les ateliers, les cours ont été rétrécies, enfin il a été fait des annexions de terrains sur lesquels ont été édifiées des constructions nouvelles.

Toutes ces appropriations, constructions ou extensions, est-ce l'État qui les a payées? Nullement. Ce sont les seuls bonis de l'Imprimerie nationale, les bonis procurés par le travail de ses ateliers et par la sagesse autant que par le dévouement de son administration. De ces chefs divers, pendant la seule période indiquée de 1858 à 1878, l'Imprimerie a dépensé, savoir :

En acquisitions de terrains et constructions nouvelles. . . . . 566,918^{f}22^c

En grosses réparations ayant pour objet des remaniements de bâtiments, des surélévations, des accroissements d'espace cherchés par tous les moyens. 497,503 25
_____
Ensemble 1,064,421 47

L'immeuble appartenant à l'État, les accroissements de valeur qui lui sont donnés et les annexions qu'il reçoit profitent à l'État. De 1858 à 1878 seulement, l'Imprimerie nationale a donc accru le domaine immobilier de l'État d'une plus-value de 1,064,421^{f}47

A reporter. 1,064,421 47

Report..... 1,064,421ᶠ47ᶜ

2° *Valeur mobilière et de matériel.* — Toujours par prélèvement sur ses excédents de recettes, puisqu'elle n'a pas d'autres ressources, l'Imprimerie nationale accroît incessamment son matériel et ses riches collections de types étrangers et français. Dans l'intervalle compris entre les deux inventaires décennaux de 1853 à 1873, elle a élevé la valeur de ce matériel de 2,634,297 fr. 33 cent. à 5,660,676 fr. 75 cent. : soit, au profit de l'État, dont ce matériel est la propriété, un accroissement de 3,026,379 fr. 42 cent., ci.............. 3,026,379 42

(On ne saurait fixer quant à présent la valeur du matériel ajouté depuis et que fera connaître l'inventaire de 1883; mais tout permet de présumer que l'accroissement sera de 1 million 1/2 pendant cette troisième période décennale.)

Par prélèvement aussi sur les excédents annuels de ses recettes, l'Imprimerie nationale, de 1858 à 1877 inclus, a élevé de 1 million à 1,800,000 francs le fonds capital ou de roulement, qu'elle a été autorisée à constituer pour assurer son fonctionnement; elle a obtenu du parlement de 1879 l'autorisation d'élever ce fonds de roulement à 2,200,000 francs, ce qui va être effectué tout à fait dans quelques mois.

Ce fonds est déposé au Trésor public; l'établissement lui emprunte lorsque l'affaiblissement de son encaisse rend nécessaire de le faire, il lui restitue lorsqu'il a opéré des rentrées; et ce fonds est toujours représenté ou par des espèces ou par des

A reporter...... 4,090,800 89

Report..... 4,090,800^{f}89^c

créances sur l'État lui-même. D'autre part, il est, comme l'Imprimerie nationale, comme l'immeuble qu'elle occupe, comme le matériel dont elle jouit, la propriété de l'État. C'est donc une valeur mobilière appartenant à l'État que l'Imprimerie nationale a accrue, pendant les vingt années dont il s'agit, d'une somme de 800,000 francs, ci.....   800,000 00

L'Imprimerie nationale est obligée, par les ordonnances qui la régissent, à exécuter gratuitement, chaque année, 40,000 francs d'impressions, savoir : 20,000 francs au profit de l'Institut et 20,000 francs au profit d'ouvrages de haute érudition, jugés dignes de cette faveur par l'avis d'un comité de savants que sanctionne un décret du chef de l'État. A cet égard, de 1858 à 1878, elle a dépensé et par conséquent donné à l'État, qui lui impose cette charge, 40,000 fr. × 20 années ou 800,000 francs, ci..........   800,000 00

L'Imprimerie nationale est également astreinte à livrer gratuitement, chaque année, pour le service de la justice et des ministères et administrations publiques, 7,000 exemplaires de la partie principale (chiffre porté en 1876 à 7,200 exemplaires) et 3,500 exemplaires de la partie supplémentaire du *Bulletin des lois*; soit, en adoptant les chiffres anciens, 10,500 exemplaires ou 21,000 volumes, lesquels, à 3 francs l'un (chiffre inférieur au prix de revient), représentent une valeur de 63,000 francs. C'est donc, pour vingt

A reporter...... 5,690,800 89

Report..... 5.690,800ᶠ89ᶜ

années, un don à l'État équivalent à 1.260.000 fr.,

ci.. 1,260,000 00

Dans les mêmes conditions. l'Imprimerie nationale fournit annuellement un peu au delà de
1,000 volumes du *Bulletin de la Cour de cassation*,
soit, en prenant seulement ce chiffre réduit comme
base de calcul, 1.000 volumes à 3 fr. 70 cent.
(chiffre inférieur au prix de revient) ou 3.700 fr.
par an, et, pour vingt ans, 74.000 francs, ci....   74,000 00

Enfin, de 1858 à 1877 inclus, l'Imprimerie
nationale a versé directement au Trésor public,
à la fin de chaque exercice, l'excédent définitif
que les prélèvements ci-dessus opérés sur ses
bénéfices laissaient exister encore entre ses recettes et ses dépenses. Ces excédents se sont élevés
ensemble à 707,376 fr. 67 cent.. ci.........   707.376 67

TOTAL des sommes données par l'Imprimerie
nationale à l'État. de 1858 à 1877 inclus. 7,732.177 56

soit une moyenne annuelle de 386,608 fr. 87 cent.

Si l'on ajoute à ce total la valeur des sommes versées à l'État de
1878 à 1881 compris. le chiffre s'augmente singulièrement.

Et ce n'est pas tout, car dans ce chiffre qui, à lui seul, est une
réponse péremptoire à ceux qui prétendent que l'Imprimerie nationale ne rapporte rien à l'État. ne figure pas une autre somme
de 1.464,418 fr. 69 cent. que l'Imprimerie nationale a versée,
de 1865 à 1873, en augmentation du fonds capital de la caisse des
retraites de l'établissement. Ce versement a été fait encore par
prélèvement sur les bénéfices annuels, en conformité des décrets
d'autorisation des 17 novembre 1865 et 22 novembre 1869. Le
fonds capital de la Caisse des retraites de l'Imprimerie nationale

est dans les mains de l'État, auquel il sert à assurer le service des pensions de l'établissement. C'est donc bien un profit pour l'État que l'accroissement de 1,464,418 fr. 69 cent. donné à ce fonds, puisque cet accroissement permet à l'État de pourvoir au service des pensions de l'Imprimerie nationale, sans recourir à des crédits spéciaux.

Il est maintenant acquis, ce nous semble :

1° Que l'Imprimerie nationale ne reçoit absolument rien de l'État à titre de subvention, d'allocation, de crédit, ni sous aucune autre forme ;

2° Qu'elle lui donne chaque année, sous des formes diverses, des sommes importantes qui, pour la période comprise entre 1858 et 1878, se sont élevées,à 7,732,177 fr. 56 cent., et à 10,692,596 fr. 24 cent. si l'on ajoute les versements de 1878 à 1881, c'est-à-dire à 445,524 fr. 84 cent. par an en moyenne.

On va voir si l'Imprimerie nationale imprime pour l'État à plus cher denier que ne le pourrait faire l'industrie privée.

II. DES TARIFS DE L'IMPRIMERIE NATIONALE.

L'Imprimerie nationale n'ayant pas d'autres ressources que le produit des travaux qu'elle exécute, sa loi constitutive lui attribue exclusivement les impressions de l'État. Il est bien certain que si ses tarifs étaient plus élevés que ceux du commerce, elle grèverait, dans une proportion égale à la différence, l'État obligé de les subir.

Mais l'État ne s'est pas mis, à cet égard, à la discrétion de son imprimerie. Il a fait dire par la loi que les tarifs ne seraient pas l'œuvre exclusive de celle-ci. Renouvelés chaque année, parce que les tarifs d'une industrie doivent suivre les mouvements du progrès de la fabrication, ces tarifs sont uniquement préparés et proposés par l'Imprimerie nationale. C'est un comité de délégués de l'État qui les étudie et les arrête. Dans ce comité, chacun des ministères et chacune des administrations générales qui constituent la clientèle légale de l'établissement sont représentés par un de leurs fonctionnaires les plus compétents. Un décret du chef de l'État intervient ensuite, sur la proposition du Ministre de la justice, et fait de ces tarifs, pour une année nouvelle, la loi des rapports de l'Imprimerie nationale avec les services publics.

La garantie que donne à l'État cette intervention directe dans les tarifs est complétée par l'appréciation, qui lui appartient, des faits de gestion et des résultats d'exercice de l'établissement. En effet, si les tarifs de l'Imprimerie nationale étaient trop élevés, ou bien cet établissement réaliserait des bénéfices excessifs, ou bien il faudrait admettre qu'il se livre à des dépenses abusives d'exploitation ou de personnel.

Les bénéfices sont-ils excessifs? Examinons.

Nous avons vu que, pour les vingt années 1858-1878, ils s'élevaient à 7,732,177 fr. 56 cent. (c'est une moyenne annuelle de 386,608 fr. 87 cent.) et que cette moyenne monte à 445,524 fr. 84 cent., si l'on tient compte en plus des années 1878 à 1881. Ce chiffre, rapproché de la somme des opérations de l'établissement en 1881 (dernière année liquidée), soit 6,779,150 francs, représente une quotité de bénéfices de 6 fr. 57 cent. p. o/o. Est-il beaucoup d'industries qui se contentent d'un bénéfice aussi réduit? Suffirait-il aux grandes maisons de typographie, qui entretiennent des correspondants auprès des préfectures, des recettes générales et autres administrations départementales, pour consentir à leurs correspondants les remises élevées qu'elles leur font?

Si, d'ailleurs, on admettait que ces bénéfices si modérés de l'Imprimerie nationale pussent être considérés comme excessifs, est-ce elle qui en profiterait? Non, ils reviennent entièrement, exclusivement à l'État?

Évidemment l'excès de bénéfice n'existe pas; il ne peut pas exister. Y a-t-il abus dans les dépenses? Voyons ce second point.

Il y a deux catégories de dépenses : les dépenses d'administration et les dépenses d'exploitation.

Le budget de l'Imprimerie nationale, conformément aux principes de la comptabilité publique, confond les dépenses d'administration proprement dites avec un certain nombre de dépenses d'exploitation sous le titre suivant : § 1er. *Dépenses fixes d'administration et d'exploitation.* Or on ne saurait dire que dans cet ensemble les dépenses d'administration figurent pour une part démesurée? C'est bien à l'exploitation, en effet, qu'appartiennent, tout au moins en matière de personnel, les chefs et les agents divers des services d'exploitation ou d'ateliers, le personnel de la correction, les protes, chefs d'atelier, gardes-magasins, sous-protes, le chef d'atelier de la fonderie, les préposés aux livraisons et aux réserves. Or, distraction faite de la partie du crédit des traitements afférents à ce personnel d'exploitation ou d'atelier, il ne reste plus qu'un chiffre de 135,000 fr. pour la dépense du personnel administratif ou comptable. Il ne faut pas oublier que la comptabilité de l'Imprimerie nationale n'est pas une simple comptabilité commerciale : elle est soumise au double contrôle de la Cour des comptes et des commissions législatives de vérification des comptes. Toute dépense, toute recette, quelque minimes qu'elles soient, doivent être établies, justifiées par pièces, vérifiées, inscrites, relevées, contrôlées avec tout le complément de formes et de détails qui sont l'application rigoureuse de la législation régissant la comptabilité publique, mais qui exigent des employés en nombre suffisant.

Ce chiffre de 135,000 francs équivaut à une quotité de 1 fr. 99 cent. p. o/o, sur un budget de dépenses de 6,779,150 francs. Ce ne sont pas là des dépenses d'administration abusives. On ne saurait classer dans des dépenses proprement dites d'administration ni la totalité d'un crédit de 15,000 francs pour éclairage et chauffage, car ce crédit comprend, en même temps que le chauffage et l'éclairage des parties désignées, les frais de même nature des bureaux et locaux de service attribués à chacune d'elles. On ne saurait y compter, non plus, ni des frais de service général dont pas un centime ne peut revenir à un agent de l'établissement et qui comprennent, entre autres dépenses, celles des transports, d'impressions, l'habillement de 5o hommes de service, etc., ni les frais de renouvellement, d'achat, d'entretien et de réparation du matériel et du mobilier, ni ceux des grandes réparations, qui profitent à l'État.

Il faut donc écarter toute idée d'excès ou d'abus en ce qui concerne le chiffre des dépenses d'administration de l'Imprimerie nationale. Y a-t-il même beaucoup de grands établissements industriels où les dépenses de cette nature se trouvent aussi réduites? L'Imprimerie nationale est loin d'allouer à ses chefs de service les rémunérations que les emplois équivalents reçoivent dans l'industrie privée. L'honneur de servir l'État, la sécurité des situations retiennent seuls chez elle plus d'un homme qui trouverait ailleurs des avantages matériels et présents supérieurs à ceux que lui assure sa position.

Voyons maintenant si l'exagération existe dans les dépenses d'exploitation?

Celles-ci comprennent deux éléments : les approvisionnements (c'est-à-dire surtout les papiers) et les salaires.

Quant aux approvisionnements, on reconnaîtra sans doute que l'Imprimerie nationale ne les gaspille pas, attendu que toute matière achetée, papier, carton, parchemin, encre, etc., représente dans sa comptabilité une entrée à laquelle doit être opposée une sortie, une dépense à laquelle doit correspondre une recette. Or ces approvisionnements, pour lesquels son budget prévoit une dépense annuelle de 4 millions, l'Imprimerie nationale les réalise à meilleur compte que l'industrie privée, car au bénéfice qu'assure le mode d'adjudication publique qui lui est imposé elle joint celui qui résulte de l'importance des fournitures et des garanties de payement certain, sans risques d'aucune sorte, qu'elle offre aux fournisseurs. Il ne saurait donc y avoir d'exagération dans les frais d'exploitation, quant aux approvisionnements.

Restent les salaires des ouvriers et ouvrières, dont l'ensemble représente une dépense annuelle moyenne de 2,200,000 francs. Mais ces salaires ne sont pas supérieurs à ceux que paye l'industrie privée. Il est notoire, au contraire, que l'Imprimerie nationale suit en cette matière l'industrie privée, plutôt qu'elle ne la précède. Les seuls avantages qui soient particuliers aux ouvriers de l'Imprimerie nationale sont la régularité et la permanence du travail, une caisse de pensions et de secours, la paternelle sollicitude d'une administration de l'État à l'égard de tous ses agents. Qui donc ferait aujourd'hui reproche avec fondement à un établissement de l'État d'offrir ces avantages à son personnel ouvrier, et de donner par là un exemple aux établissements privés similaires?

L'Imprimerie nationale n'a donc pas de dépenses d'administration supérieures à celles de l'industrie privée. D'autre part, elle paye moins cher ses matières premières et elle ne paye pas plus cher la main-d'œuvre. Si ses tarifs étaient supérieurs à ceux de l'industrie privée, ils devraient lui assurer des bénéfices anormaux. Or nous avons vu que ces bénéfices n'excèdent pas une moyenne de 6 fr. 57 cent. p. o/o sur le chiffre des opérations de l'établissement; cette moyenne est si peu excessive, qu'oubliant la logique dans leurs reproches, les adversaires en critiquent la faiblesse dans les mêmes brochures où ils allèguent que l'Imprimerie nationale fait des profits excessifs.

Et c'est ici l'occasion de remarquer que quand on émet cette critique de l'exiguïté du chiffre des bénéfices de l'Imprimerie nationale, on oublie ou l'on feint d'ignorer que c'est précisément le résultat cherché par elle, que c'est le fruit de ses efforts persévérants. Elle voudrait ne pas faire du tout de bénéfices. Elle croirait avoir atteint le but le jour où elle couvrirait simplement ses dépenses par ses produits, sans différence ou excédent. Ne doit-elle pas porter le montant de ces excédents au Trésor public, c'est-à-dire rendre à l'État ce que les divers services de l'État lui auront payé au delà des sommes représentant strictement les dépenses faites pour eux? Quel intérêt aurait-elle à prélever des sommes en trop sur chaque ministère ou administration publique, pour aller les reverser en bloc à la caisse centrale des finances?

Aussi, loin de profiter, pour accroître ses bénéfices, des réductions des frais de fabrication que lui permettent le développement de son outillage, le perfectionnement de ses procédés d'exploitation, le respect de son personnel ouvrier qui la protège mieux que d'autres contre tout chômage, elle ne tire parti de ces faits importants que pour réduire ses tarifs au profit exclusif des services publics. C'est ainsi que, depuis 1871 seulement, elle a pu offrir au Comité des délégués ministériels, institué pour la revision annuelle des tarifs, des réductions successives qui se chiffrent annuellement par 350,000 francs. Ses versements annuels au Trésor se trouvent nécessairement réduits d'autant. Mais qui donc, pouvant en connaître et voulant en apprécier sainement les motifs, n'estimerait pas qu'elle a sagement agi?

Il est établi par ce qui précède que, théoriquement, les tarifs de l'Imprimerie nationale ne peuvent pas être supérieurs à ceux de l'industrie privée. Il n'est pas difficile de corroborer cette argumentation théorique par des faits de la nature la moins contestable.

L'Imprimerie nationale est chargée de procéder au règlement des factures présentées par les imprimeries privées pour des travaux qui, bien que concernant plus ou moins directement l'État, peuvent leur être confiés sans violation de la loi. Elle règle ces factures en appliquant aux travaux faits et justifiés par les intéressés les prix de ses propres tarifs, ceux qu'elle aurait demandé elle-même pour les mêmes travaux. Or ces règlements ont eu, ont encore pour double résultat de réduire beaucoup des prix demandés et de prévenir par là même de plus nombreuses exagérations. Voici.

entre plusieurs centaines, quelques-unes des réductions ainsi effectuées depuis 1870 au profit de l'État :

MONTANT des FACTURES PRÉSENTÉS par les imprimeries privées.	MONTANT des RÈGLEMENTS EFFECTUÉS par l'Imprimerie nationale.	RÉDUCTION au PROFIT DE L'ÉTAT.	PROPORTION P. 0,0 DES RÉDUCTIONS relativement aux factures présentées.
1,198^f 42^c	898^f 75^c	299^f 67^c	25.02
1,125 00	873 05	251 95	22.39
2,012 00	1,740 55	271 45	13.49
18,772 70	15,975 77	2,796 93	14.89
11,774 00	9,796 15	1,977 85	16.80
875 00	508 50	366 50	41.88
32,793 03	24,759 01	8,034 02	24.50
7,660 63	6,086 20	1,574 43	20.55
4,335 50	3,512 35	823 15	18.98
3,546 00	2,526 25	1,019 75	28.75
1,917 00	1,430 50	486 50	25.37
2,777 00	2,413 00	364 00	13.11
7,936 20	6,802 20	1,134 00	14.29
2,485 00	2,141 00	344 00	13.84
2,645 00	2,003 50	641 50	24.25
2,326 00	2,027 70	298 30	12.82
1,418 00	1,069 50	348 50	24.57
2,600 00	1,188 70	1,411 30	54.28
580 00	464 00	116 00	20.00
459 50	227 50	232 00	50.48
2,645 00	2,003 50	641 50	24.25
17,286 35	13,517 08	3,769 27	21.80
530 00	434 00	96 00	18.11
348 00	235 00	113 00	32.47
783 00	630 00	153 00	19.54
2,333 00	1,854 00	479 00	20.53
3,192 00	2,754 05	437 95	13.72
2,908 45	2,539 75	368 70	12.67
325 00	190 00	135 00	41.53
955 00	674 00	281 00	29.42
799 60	465 60	334 00	41.77
2,320 00	1,897 50	422 50	18.21
430 50	316 50	114 00	26.48
450 00	310 00	140 00	31.11
544 50	415 00	129 50	23.78
397 50	276 00	121 50	30.56
709 00	608 00	101 00	14.25
530 00	402 00	128 00	24.15
766 65	495 10	271 55	35.42
147,489 53	116,461 26	31,028 27	21.03

Ramenées aux prix de l'Imprimerie nationale, 39 factures du commerce, s'élevant à 147,489 fr. 53 cent., ont donc subi une réduction de 31,028 fr. 27 cent., soit 21 fr. 03 cent. p. o/o en moyenne. Le rapport adressé, le 20 mai 1874, à M. le Garde des sceaux par M. Le Trésor de la Rocque, président de la Commission supérieure chargée de l'inventaire décennal de l'Imprimerie nationale, et composée de membres du Conseil d'État, de la Cour des comptes, de l'Administration des domaines, a confirmé ces faits, et la Commission de 1883 sera à même de les confirmer à son tour. Examinant les accusations de cherté dirigées, alors comme depuis, contre l'Imprimerie nationale, M. le Président de la Commission d'inventaire écrivait à M. le Ministre :

« La Commission désirait surtout savoir si cette prétention était fondée. Elle a recueilli partout des informations et procédé aux recherches les plus minutieuses. Elle a réuni notamment 1,087 mémoires ou factures d'impressions exécutées par des particuliers pour le compte de diverses administrations publiques; — le tarif de l'Imprimerie nationale a été appliqué à ces impressions et le produit de l'opération placé en regard du chiffre des mémoires. Un mémoire, *un seul sur 1,087*, accuse un chiffre de *270 fr. 25 cent.*, inférieur au prix de l'Imprimerie nationale, dont le tarif donne *284 fr. 25 cent.; 710* mémoires accusent un chiffre égal à celui que donne le tarif officiel. Enfin, *376* mémoires accusent un chiffre supérieur au prix de l'Imprimerie.

« Le tarif de l'Imprimerie, appliqué aux 1,087 mémoires, présente un total de *310,153 fr. 10 cent.* Les imprimeurs privés ont réclamé pour leurs 1,087 factures une somme de *352,625 fr. 73 cent.*, c'est-à-dire *42,472 fr. 63 cent.*, soit 12 p. o/o de plus que l'Imprimerie nationale.

« On remarque parmi ces 1,087 mémoires 9 factures d'impressions exécutées pour le compte de l'Assemblée nationale au prix de 37,089 *fr. 01 cent.*, qui se trouve réduit à 27,375 fr. 06 cent., soit *9,713 fr. 95 cent.* ou 26 p. o/o en moins, par l'application du

tarif de l'Imprimerie. Les ouvrages officiels détournés de l'Imprimerie nationale sous prétexte d'économie se vendent plus cher
depuis qu'ils sont entre les mains de l'industrie privée. L'*Annuaire
de la marine* est monté de 2 fr. 50 cent. à 5 francs : le *Bulletin officiel
de la marine*, de 9 francs (Paris) et 12 francs (départements), à
15 francs et 22 francs; le *Bulletin administratif de l'instruction publique*, de 5 fr. 50 cent. à 8 francs. -

Le président de la Commission ajoute : - Ainsi, lorsque l'impression des ouvrages officiels est confiée à l'industrie privée, l'État est
lésé parce qu'il paye plus cher. - Cette conclusion découle tout
naturellement des faits. On est autorisé à dire qu'en l'état actuel
les impressions du Gouvernement reviennent moyennement à
15 p. 00 au moins au-dessous de ce qu'il payerait aux imprimeries privées. La différence serait bien autrement forte, si le
calcul portait en outre sur les factures d'un grand nombre d'impressions faites, dans les départements, pour le service des préfectures. Et si l'Imprimerie nationale n'existait pas, si son exemple
et son contrôle ne pesaient pas un peu sur l'industrie typographique dans ses relations avec les administrations publiques, on
verrait l'écart se marquer davantage encore. M. Crémieux, qui
avait connu de près les détails comme garde des sceaux, ne craignait pas de faire entrevoir ce résultat lors de la discussion du
budget de 1851, dans laquelle les prétentions des imprimeurs
furent soutenues par divers députés : - Je termine par ce mot,
disait-il : si la concurrence arrivait, si l'Imprimerie nationale était
frappée, je ne dis pas que pendant un an vous ne trouveriez pas
quelque modération de prix qui ferait applaudir à cette suppres-
sion; mais l'année d'après, quand il n'y aurait plus d'Imprimerie
nationale, vous verriez ce que vous payeriez. -

Cela est absolument vrai, si l'on n'envisage que les impressions
ordinaires et annuellement les mêmes ou à peu près : les registres,

les cadres, les formules et autres ouvrages de même nature; mais cela l'est bien davantage quand on fait acception de travaux plus exceptionnels et de ceux qui sont confidentiels à certain degré. Si l'État avait à payer à l'industrie privée le coût de ces ouvrages-là dans les conditions où les lui fait l'Imprimerie nationale, c'est-à-dire à la dernière heure, du soir au matin, après des remaniements multiples, des remises en pages subites, qui ne peuvent s'obtenir que du travail de nuit et d'un établissement dans lequel le personnel est tenu à être toujours prêt pour ces éventualités inévitables, il verrait ce qu'il en coûterait; et le prix en croîtrait d'occasion à autre, par cela même qu'il est impossible que ces éventualités n'existent pas et que l'industrie, le commerce règlent forcément leurs prix sur les exigences de la demande.

Qu'on veuille bien le remarquer, d'ailleurs. Cette différence signalée de 15 p. o/o en moyenne n'est pas la seule dont l'Imprimerie nationale fasse jouir l'État : par les reversements de ses bonis elle ajoute à cet avantage; elle va rembourser au Trésor 550,000 francs de bonis pour l'exercice 1881 (c'est 10 p. o/o environ de sa dépense); de sorte que cet établissement, quand il est mis à même, comme cela a lieu depuis le grand débat que M. le Garde des sceaux et M. Dufaure soutinrent pour elle en 1873, de fonctionner dans son plein, c'est-à-dire quand il reçoit les commandes nécessaires pour obtenir du mouvement de son personnel et de son outillage, autrement dit des forces qu'il met en jeu, le rendement qu'ils doivent donner, cet établissement, disons-nous, par le fait seul de son existence et de sa bonne administration d'abord, par ses produits ensuite, procure à l'État une économie de 20 ou 25 p. o/o sur la typographie commerciale.

L'Imprimerie nationale ne fabrique donc pas, comme on le dit, à des prix exorbitants. Ainsi sont réduites à néant les vagues accusations de cherté auxquelles on tâche de faire croire et qui se distinguent, au reste, par l'absence de toute preuve à l'appui, de tout fait de nature à les vérifier. Mais ce qui est au moins surprenant,

c'est que les mêmes adversaires qui portent avec une grande ar-
deur de langage ces accusations contre l'Imprimerie nationale,
l'accusent en même temps d'avilir les prix pour faire déloyalement
concurrence aux imprimeries privées. On lit dans deux réclamations adressées en 1872 aux pouvoirs publics par la Chambre des
imprimeurs de Paris les phrases suivantes : «Un établissement
gouvernemental ne peut avoir pour mission d'arracher *à vil prix,*
et dans la seule pensée d'équilibrer son budget, les travaux faits
de tout temps par les imprimeurs du commerce.» Et ailleurs : «Nous
venons vous demander que l'Imprimerie nationale soit tenue de
régler nos mémoires *conformément aux usages commerciaux,* dont les
bases sont fixées dans le tarif de la Chambre des imprimeurs de
Paris;» en sorte que la personnification la plus directe et la plus
autorisée de la typographie parisienne, la Chambre des imprimeurs de Paris, lorsque les intérêts de ses membres se trouvent
en jeu, proteste auprès de l'État non plus contre la cherté, mais
bien contre la *vileté des prix* de l'Imprimerie nationale!

III. L'IMPRIMERIE NATIONALE TRAVAILLE-T-ELLE À PERTE?

Cette question paraîtra étrange après ce qui vient d'être expliqué;
mais ce sont les adversaires de l'Imprimerie nationale qui l'ont
posée. Voici le lieu d'y répondre.

Ces adversaires ne se sont pas bornés à dire qu'elle ruinait
l'État, à écrire fréquemment, dans divers organes de la publicité,
qu'elle vit «aux dépens des contribuables». Ils ont tenté de démontrer par des chiffres qu'elle travaillait sans cesse à perte.

Cette assertion a été portée jusqu'à la tribune de l'Assemblée
nationale en 1873, et, depuis, la Chambre des imprimeurs de
Paris a essayé d'établir que l'Imprimerie nationale dissimulait sa
perte en présentant son budget sous forme de recette et de dépense, forme qui ne permet pas de se rendre compte de son produit relativement à son capital et à sa dépense réelle.

A cet égard, tout a été précisé avec une remarquable assurance par la Chambre des imprimeurs. Chiffrant le capital qui serait actuellement représenté par l'établissement en immeuble, en outillage, elle a établi ainsi qu'il suit les éléments de la prétendue perte qu'il entraîne pour l'État :

1° Intérêt du capital employé à l'achat de l'outillage.   350,000ᶠ

2° Amortissement de ce même capital..........   350,000

3° Loyer des immeubles que détient l'Imprimerie..   250,000

4° Intérêt du fonds de roulement.............   55,000

1,005,000

Et, a-t-elle ajouté, ce chiffre, déjà considérable, devrait s'augmenter encore de la valeur des contributions et des patentes, dont l'Imprimerie nationale est dispensée.

Rapprochant ces 1,005,000 francs de l'excédent modeste de recette qui résulte du budget de l'Imprimerie nationale, les adversaires se sont crus autorisés à dire que l'Imprimerie nationale coûte beaucoup plus qu'elle ne rapporte; ses prétendus bonis, ont-ils dit, ne font que masquer une perte considérable, perte accrue annuellement au fur et à mesure que l'Imprimerie travaille.

Raisonnement et conclusion, — est-il nécessaire de le faire remarquer après l'exposé que nous avons présenté des choses? — n'attesteraient que la non-connaissance de la constitution de l'établissement et de son histoire en tant qu'usine, si leur méconnaissance volontaire n'en ressortait pas plutôt.

Nous n'avons qu'à répéter ici ce qui a été dit déjà :

L'Imprimerie nationale n'a pas à chercher un bénéfice; elle ne doit pas faire de bénéfice. Sa mission positive est de couvrir ses dépenses au moyen de ses recettes, et d'abaisser celles-ci le plus possible par des réductions de tarif, c'est-à-dire toutes les fois que le développement de ses travaux le lui permet. C'est là le principe de son institution, et il fait sa règle, parce que son but prévu, le seul qui lui soit permis, consiste à réaliser sur le budget de chacun des départements ministériels des économies au profit de l'État.

Mais nous allons faire aux adversaires de l'Imprimerie nationale la concession de prendre par hypothèse leurs chiffres, tout erronés ou enflés qu'ils sont; examinons si l'État travaille réellement à perte, ces chiffres étant donnés, dans les ateliers de l'Imprimerie nationale.

On vient de le voir : si l'Imprimerie nationale présentait ses mémoires aux divers ministères au taux où ils sont établis par l'industrie privée, elle devrait les augmenter de 15 p. o/o en moyenne. Nous réduirons à 10 p. o/o, si l'on veut. En prenant les résultats du dernier exercice réglé (1880), on trouve que le chiffre des impressions livrées à l'État s'élève à............ 6,383,517^f

Ces impressions, exécutées par l'industrie privée, majorées de 10 p. o/o, auraient donné lieu à une dépense de............................ 7,021,868

L'économie réalisée pour l'État, à l'Imprimerie nationale, est donc de..................... 638,351

Voilà un premier bénéfice procuré par elle à l'État. Ajoutons à cette somme la valeur des services gratuits mis à la charge de l'établissement, savoir :

Travaux scientifiques..................... 40,000

Service de la Justice : distribution du *Bulletin des lois* et du *Bulletin des arrêts de la Cour de cassation*... 65,771

Excédent des recettes versé au Trésor public après règlement de l'exercice..................... 349,736

Le bénéfice de l'exploitation de l'Imprimerie s'élève, pour 1880, à............................ 1,093,858

A reporter.......... 1,093,858

Report......	1,093,858f

En rapprochant de ce bénéfice la somme portée par les adversaires au passif de l'Imprimerie comme représentant les charges du capital dont elle dispose, soit 1,005,000

il reste une somme de..................... 88,858
qui s'augmente de celle dépensée annuellement pour l'entretien et le renouvellement de son outillage, savoir... 100,000

ENSEMBLE.......... 188,858

Cette somme équivaut à un bénéfice net de 3 p. o/o sur le chiffre d'opérations, qui est de près de 7 millions.

Mais puisque les adversaires raisonnent d'après le chiffre du capital dont jouit l'Imprimerie en immeuble, en outillage, etc., et dont ils portent l'intérêt à 350,000 francs, il faudrait qu'ils se demandassent comment a été formé ce capital. Or, on l'a vu plus haut tout au long, c'est en majeure partie par les bénéfices d'exploitation et d'administration de l'Imprimerie que ce capital s'est constitué; il ne provient point d'allocations successives de l'État.

Il y a bien eu une allocation de l'État, à savoir l'attribution d'un immeuble, du matériel qui s'y trouvait, d'un reliquat de liquidation qui fut laissé à titre de fonds de roulement. Le fait est de 1823, on peut le vérifier, les chiffres sont parfaitement certains, tous les documents existent. Mais il n'y a rien eu de plus, ou ce qu'il y a eu est, relativement, peu de chose. Tout le reste est né de l'Imprimerie elle-même. A l'heure actuelle, en quoi consiste ce reste? Tout simplement en un capital près de quatre fois supérieur à sa valeur primitive (au lieu de 2,400,000 francs, 11,781,000 francs, chiffres ronds).

En sorte que voilà un établissement assez bien géré et exploité pour avoir quadruplé son capital en moins de soixante années, par la seule *capitalisation de ses bénéfices*, et qui, marchant sur ce capital considérable peu à peu accru par elle seule et sans emprunt, en obtient encore 3 p. o/o, après avoir procuré à l'État la progressive diminution de dépense d'impressions qu'un des buts de son institution était d'obtenir. Et l'on veut faire croire que cet établissement travaille à perte! On va jusqu'à chercher à donner à son sujet l'idée d'un établissement industriel se fabriquant des « dividendes fictifs » que la loi « qualifie et réprime sévèrement [1] »!

Nous n'avançons là rien que d'officiellement vérifié. Voici le compte exact :

L'immeuble a été estimé, en 1823, à 650,000f

L'inventaire du matériel, établi à la même époque, fut, après plusieurs évaluations successives, fixé à . . 967,047

Le fonds de roulement, à 783,435

Soit ensemble, à cette date, une valeur capitale de 2,400,482

A l'heure présente, d'après les documents officiels les plus récents, l'immeuble que détient l'Imprimerie nationale et le matériel servant à son exploitation sont évalués :

Immeuble (Tableaux des propriétés de l'État, publiés en 1878). . . .
ci . . . . 4,006,000f $\left.\right\}$
Matériel (Invent. de 1873). . . . . 5,660,676 $\left.\right\}$ 9,666,676f $\left.\right\}$
Fonds de roulement (Compte rendu de l'exercice 1880). . . . . 2,114.762 $\left.\right\}$ 11,781,438

Soit en augmentation. 9,380,956

Que l'on suppute après cela ce qui devrait s'ajouter aux dépenses de l'Imprimerie nationale pour les contributions foncière et des portes et fenêtres qu'elle ne paye pas, et pour la patente qu

[1] Protestation de la Chambre des imprimeurs en 1881, page 13.

ne lui est pas imposée, nous ne resterons pas moins autorisés à dire et à dire très haut que non seulement cet établissement de l'État ne travaille pas à perte, mais qu'il a été et qu'il reste pour le Gouvernement un puissant auxiliaire, tant au point de vue économique, c'est-à-dire pour l'accroissement de sa fortune, qu'au point de vue du service public.

Nous ne présentons ces calculs que parce que les adversaires de l'Imprimerie nationale en ont présenté contre elle; ils ont pour but de répondre à la critique avec les données mêmes sur lesquelles on a établi cette critique. Il est assez évident de soi que si l'Imprimerie nationale travaillait à perte, on le saurait depuis longtemps; le budget aurait dû venir à son secours.

Voyons maintenant quels sont les travaux que l'Imprimerie nationale, travaillant comme on le voit dans ces conditions prospères, « arrache à vil prix » à l'industrie libre. Pour mieux dire, voyons si l'Imprimerie nationale fait à l'industrie typographique la concurrence « désastreuse » que l'on dit.

IV. DE LA PRÉTENDUE CONCURRENCE FAITE PAR L'IMPRIMERIE NATIONALE À L'INDUSTRIE PRIVÉE.

La législation constitutive de l'Imprimerie nationale (lois de l'an II, du 8 pluviôse et du 21 prairial an III, arrêté du Directoire exécutif du 16 nivôse an V, etc.) a créé cet établissement pour exécuter « toutes les impressions qui se font à Paris aux frais du Trésor public » et a interdit à tous ordonnateurs, sous leur responsabilité personnelle, d'ordonner, et à la Trésorerie nationale d'effectuer le payement d'aucune somme pour dépenses d'impressions faites en d'autres imprimeries quelles qu'elles soient. Les attributions de l'Imprimerie nationale sont donc nettement déterminées.

Des dispositions postérieures (décrets ou ordonnances) ont imposé à cet établissement des obligations particulières, l'ont chargé de maintenir et de développer la typographie orientale dont il avait hérité de l'ancienne Imprimerie royale, l'ont autorisé à imprimer au compte des particuliers les ouvrages qui ne pourraient l'être sans le concours de cette typographie, lui ont prescrit de consacrer une somme annuelle de 4o,ooo francs à la publication de travaux de haute érudition littéraire ou scientifique, ont exigé de lui les fournitures gratuites à l'État du *Bulletin des lois* et d'autres documents de même nature; mais aucun texte, depuis ceux qui viennent d'être cités, n'a modifié l'objet essentiel, le but primitif de son institution, à savoir l'exécution des impressions nécessaires au service de l'État.

Quand on avance que l'Imprimerie nationale fait concurrence à l'industrie privée, c'est de deux choses l'une : ou qu'on entend contester à l'État le droit d'avoir une imprimerie à lui pour son service, ou qu'on veut insinuer que, dans une pensée de lucre, elle étend abusivement le cercle de ses attributions et exécute pour le compte des particuliers, en les détournant des imprimeries privées, des travaux qui lui sont interdits.

Sur le premier de ces points, le sentiment des hommes qui ont créé l'imprimerie de la République a toujours été en faveur d'une imprimerie spéciale à l'État, au Gouvernement.

Dès l'an iv de la République, c'est-à-dire dès la première agression qui a eu lieu contre l'Imprimerie nationale, Eschassériaux aîné disait au Conseil des Cinq-Cents, au nom de la Commission spéciale et de la Commission des dépenses, au point de vue politique : « S'il n'existait pas un établissement de cette nature, il faudrait se hâter de le créer; » et au point de vue économique : « La centralisation des impressions, en réduisant les dépenses des trois quarts, en abrégeant les lenteurs, a réuni l'économie dans les frais, l'uniformité et la célérité dans l'envoi des lois; sous ce double rapport, il est donc prouvé que l'établissement de l'Imprimerie nationale est extrêmement avantageux à la République. » En l'an v, Merlin, de

Douai, disait au Directoire exécutif : « Vous vous êtes convaincus, citoyens Directeurs, des avantages que présente, sous le point de vue politique, une imprimerie du Gouvernement pourvue d'une typographie qui, gravée exprès pour elle et dans un système particulier, donne un caractère officiel, une garantie d'authenticité aux lois, aux brevets, à la correspondance et aux divers actes du Pouvoir exécutif; » et, allant plus loin dans la discussion contre les prétentions de la typographie libre, il ne craignait pas d'ajouter : « Vous avez reconnu dans ces déclamations contre des abus imaginaires et dans ces projets toujours masqués par l'amour du bien public, les efforts d'une multitude de propriétaires d'imprimeries pour ressaisir les impressions d'administration qu'ils s'étaient partagées dans des moments de trouble et de confusion. »

L'opinion de ces hommes avait quelque valeur en leur temps; elle ne la perd pas aujourd'hui où les agressions sont les mêmes, suscitées dans le même but. Après eux, le ministre Cambacérès en l'an viii, le ministre Abrial en l'an ix, ont tenu le même langage en présence des mêmes réclamations. On a dit, on répète des uns et des autres qu'ils parlaient ainsi en partisans qu'ils étaient des régimes autoritaires ou absolus; en réalité, ils parlaient le langage que la nature des choses dictera de soi à des hommes de gouvernement, à tout homme appelé à avoir la responsabilité du pouvoir dans une mesure quelconque, en quelque temps que ce soit. Les ministres de la Restauration, ceux du second régime impérial, ceux de la République se sont exprimés d'une manière semblable et ne pouvaient point ne pas le faire, une fois la question examinée par eux.

La légalité et l'utilité de l'Imprimerie nationale comme instrument des services publics ne sont donc pas sérieusement contestables; il faut s'en tenir aux conclusions du rapport fait en 1864 par la Commission spéciale chargée d'étudier une fois de plus la question, et qui comprenait trois ministres et deux conseillers d'État :

« 1º Aux termes des règlements existants, l'Imprimerie impériale est exclusivement chargée de tous les travaux d'impression des différents ministères;

« 2º Cette attribution exclusive doit lui être conservée. »

En 1814, l'État céda aux réclamations incessantes des adversaires de l'Imprimerie nationale. Il mit cet établissement en gestion intéressée, laissant libres les ministères et les administrations publiques de commander leurs impressions soit au concessionnaire de cette gestion, soit à l'industrie libre. Les abus se produisirent aussitôt sous l'influence des sollicitations dont les services publics furent assaillis, et, après une expérience de dix années, dont le moindre inconvénient avait été la réalisation d'une grande fortune par le fermier de l'Imprimerie, l'État en reprit la gestion directe[1]. Si l'on revenait au système de 1814, les faits qui se produisirent alors se reproduiraient de nouveau, car ils sont de l'essence du commerce.

D'un autre côté, libres de choisir leur imprimeur, les services publics s'adresseraient à deux ou trois maisons principales, ou bien ils éparpilleraient leur clientèle entre une foule d'imprimeries. Dans le premier cas, deux ou trois véritables imprimeries d'État se substitueraient à l'Imprimerie nationale pour le plus grand dommage des autres; car ces maisons, entretenues dans une large mesure par les impressions de l'État et pouvant en même temps travailler librement pour les particuliers, seraient en mesure d'exécuter pour ceux-ci à plus bas prix que les imprimeries non favorisées et absorberaient bientôt la clientèle de ces dernières. C'est alors qu'il y aurait véritablement une concurrence « désastreuse », la concurrence d'un groupe d'imprimeries soutenues par les impressions de l'État, contre la foule des imprimeries non soutenues. Dans le second cas, au lieu d'une, ou deux, ou trois imprimeries,

[1] Le rapport de la Commission du budget de 1823, fait en 1822 par M. de Bourienne, donne à cet égard des renseignements de nature à édifier pleinement.

l'État en aurait davantage; il n'en accorderait pas moins à celles
dont il se servirait une protection efficace, quoique plus réduite,
nuisible dès lors aux autres; et quelles garanties de sécurité offrirait
aux services publics, aux cabinets ministériels, cet éparpillement
de leurs impressions entre plusieurs maisons commerciales, choisies
forcément sous les seules garanties de sollicitations ardentes et de
patronages plus ou moins intéressés.

M. de Vatimesnil, rapporteur du budget de 1832, a fait res-
sortir avec grande clarté tous ces résultats dans un rapport qui
fit écarter une fois de plus par le législateur les prétentions des
imprimeurs.

Alléguerait-on que, sortant de ses attributions légales, l'Imprimerie nationale attire à elle et exécute des impressions autres que
celles des services publics? Ce serait absolument en dehors de la
vérité. Il est un seul cas où l'Imprimerie nationale est autorisée à
faire des impressions pour des particuliers, et elle ne pourrait
pas n'y point être autorisée, car cela devient pour elle un devoir :
c'est lorsqu'il s'agit d'ouvrages que l'industrie privée ne saurait
exécuter, parce qu'ils exigent l'emploi de caractères ne se trou-
vant pas dans le commerce. Même dans ce cas, l'Imprimerie nationale ne peut accepter le travail qu'en vertu d'une autorisation
spéciale et motivée du Ministre de la justice; mais elle ne reçoit
aucune commande pour le compte des particuliers. M. le Garde des
sceaux pouvait l'affirmer dans les termes les plus formels à la
séance de l'Assemblée nationale du 11 décembre 1873, et dire
que « dans le courant des années 1872 et 1873 l'Imprimerie nationale avait imprimé cinq ouvrages pour des particuliers, mais
que ces cinq ouvrages n'avaient été imprimés qu'avec l'autorisation accordée par le Garde des sceaux, et parce que c'étaient des
ouvrages scientifiques pour lesquels leurs auteurs ne pouvaient
trouver qu'à l'Imprimerie nationale les caractères particuliers dont
ils avaient besoin. »

Après le Garde des sceaux, la Commission d'inventaire de l'Imprimerie nationale attestait de même, en 1873, ainsi qu'il suit, la même rigoureuse observation par cet établissement des droits de l'industrie privée, et il n'y a jamais manqué depuis :

« L'Imprimerie nationale respecte scrupuleusement la loi. Quoi qu'en ait dit la Chambre syndicale des imprimeurs de Paris, elle n'empiète jamais sur le domaine de l'industrie privée. Elle s'est même abstenue jusqu'ici, par un scrupule que la Commission trouve exagéré, d'exécuter les impressions des préfectures et des trésoreries générales. payées très réellement, quoique indirectement, avec les fonds du Trésor. Mais la loi devrait être également respectée par l'industrie privée. Or les imprimeurs particuliers sont chargés si fréquemment des impressions officielles, que certains d'entre eux sollicitent du Gouvernement l'autorisation de prendre le titre d'imprimeur officiel de l'administration. »

V. L'IMPRIMERIE NATIONALE RÉDUITE AU RÔLE D'IMPRIMERIE D'ART ET D'ÉCOLE TYPOGRAPHIQUE.

En même temps qu'elle attribuait expressément à l'Imprimerie nationale les impressions administratives de l'État, la loi du 8 pluviôse an III la chargeait également « de publier les éditions originales des ouvrages d'instruction publique adoptés par la Convention nationale et de tous les ouvrages de science et d'art qui seront imprimés par ordre de la Convention et aux frais de la République ». Un décret du 23 mars 1813 lui a imposé ensuite l'institution et l'entretien d'une typographie orientale. C'est par ces côtés que l'Imprimerie nationale est une imprimerie d'art, en même temps que son objet principal fait d'elle l'instrument des services publics.

En tant qu'imprimerie d'art, elle a considérablement accru le fonds spécial qu'elle tenait de l'ancienne Imprimerie royale. Ses collections de types orientaux ou étrangers comprennent à peu près l'universalité des langues connues. mortes ou vivantes; elle les complète ou les agrandit incessamment. On a pu justement dire d'elles à la tribune de nos Assemblées qu'elles étaient «l'une des gloires de la France». Les adversaires les plus résolus de l'Imprimerie nationale ont dû aussi s'incliner devant le mérite des publications que cet établissement a produites et qui ont porté son nom avec quelque célébrité jusque dans les contrées de l'Inde.

Les adversaires de l'Imprimerie nationale savent qu'elle accomplit sa mission artistique sans imposer aucun sacrifice à l'État, sans lui demander aucun crédit. Ils savent aussi que les travaux d'art coûtent plus qu'ils ne rapportent. S'ils veulent bien attirer à eux les impressions administratives, qui, par le nombre des modèles, l'importance des commandes, la nature même du travail, peuvent être l'objet d'un gain, ils ne veulent pas avoir à prendre en même temps les charges légales de l'Imprimerie nationale, publications d'art ou publications gratuites. C'est pourquoi ils demandent qu'on la réduise à cette seule destination. Mais il est bien clair que l'Imprimerie nationale ne pourrait pas satisfaire aux charges de cette destination spéciale, si on lui enlevait, avec les impressions administratives (et dès lors avec l'outillage, l'installation, le personnel qu'elles demandent), les bénéfices très restreints sur lesquels elle trouve le moyen d'y faire face. Privée de cette installation et du mouvement qui en résulte, elle serait aussitôt privée des bénéfices avec lesquels elle a pu, depuis plus d'un demi-siècle, tant donner à l'État et tant faire pour lui; et dire qu'elle en serait privée n'est pas assez dire, car elle ne saurait plus être qu'un établissement subventionné et onéreusement subventionné.

Dans l'état actuel des choses, ses frais généraux s'appliquent à tout; elle n'en a pas de particuliers à la partie d'art. Elle n'a qu'une administration, qu'un service de correction, qu'un service de comptabilité et de contrôle, qu'une caisse, etc., qui suffisent pour l'établissement tel qu'il se trouve organisé; si elle a un certain nombre de compositeurs et de correcteurs exprès pour les travaux d'art, ceux-ci payés aux pièces, ses ateliers de glaçage, de presse, de satinage, de brochure, de reliure, etc., sont utilisés, selon qu'il y a lieu, pour les travaux dits *labeurs* ou *de luxe*, comme pour les travaux administratifs. Les derniers passent d'abord, satisfaisant à l'urgence de besoins du service public; le travail artistique n'est en quelque sorte qu'un accessoire; il sert à donner l'emploi constant à des forces qui ont une tout autre destination et qui se perdraient en étant interrompues.

Que cet objet accessoire devienne l'objet principal; que l'Imprimerie nationale ne soit plus qu'une imprimerie d'art, elle n'aura pas moins besoin d'une organisation complète, quoique moins considérable, et il s'en faudra que la somme des frais généraux, répartis aujourd'hui sur un budget de 6 millions, s'abaisse proportionnellement à la réduction du chiffre des opérations. L'État aurait alors à supporter la différence et à y pourvoir par le vote de crédits spéciaux qui, cette fois, ne seraient plus des crédits d'ordre, mais bien des crédits effectifs et très élevés.

L'Imprimerie nationale, au lieu d'être un profit pour l'État, deviendrait une de ses charges.

On invoque quelquefois contre l'Imprimerie nationale l'exemple de l'étranger, qui ne posséderait pas d'imprimerie d'État : c'est ignorer ou feindre d'ignorer que l'Autriche, le Brésil, le Portugal ont institué des établissements de cette nature, que la Russie s'est occupée d'en établir un chez elle, et que c'est à la France que la plupart de ces pays en ont emprunté la forme et les conditions d'existence. L'Angleterre, il est vrai, ne possède pas d'imprimerie d'État; mais elle a été obligée de demander le concours de l'Imprimerie nationale française, dans une grave occasion où se trouvaient en jeu ses intérêts internationaux. Les pays qui ne possèdent pas d'imprimerie d'État sont ceux-là seulement qui n'ont pas besoin au même degré que nous ou qui ont à peine besoin d'impressions administratives, et ceux qui en ont créé une n'ont pas un instant songé à la réduire à un établissement purement artistique.

Supposons qu'on vienne à le faire en France : après avoir pourvu, par des crédits qu'il lui faudrait allouer à nouveau chaque année, aux frais généraux d'une imprimerie d'État exclusivement chargée de faire de l'art et des élèves pour l'industrie typographique, quelle serait la clientèle que l'État fournirait à cet établissement ? Avec quels travaux en entretiendrait-il les ateliers ? Ces ateliers ne seraient point, sans doute, aussi considérables que les ateliers actuels ; cependant ils devraient avoir les mêmes spécialités professionnelles et compter dans chacune et l'outillage et le nombre voulu d'ouvriers. Ni les belles publications du Ministère de l'instruction publique, ni les travaux d'orientalisme qui se publient en France ne suffiraient assurément à alimenter une imprimerie de labeurs. L'État serait obligé de pourvoir, par des subventions, à l'entretien de ce personnel et de cet outillage. A défaut d'un travail régulier et constant, il deviendrait nécessaire de donner à ce personnel des traitements fixes, car on ne saurait supposer des ateliers peuplés d'ouvriers tantôt occupés, tantôt inoccupés, payés aux pièces pour les moments d'occupation seulement et acceptant une situation aussi remplie d'incertitude ; on ne saurait supposer davantage un matériel, un outillage dont la mise en œuvre, le mouvement, les forces seraient intermittents.

Quant à réduire l'Imprimerie nationale à être une école de l'art typographique profitable à la typographie en général et à la typographie parisienne en particulier, de ce côté aussi proviendraient de bien lourdes charges pour l'État. L'industrie privée prétend-elle que l'État, aux frais des contribuables, forme des ouvriers pour lui épargner le soin de faire des apprentis ? Si cette idée a pu être avancée, ce n'est pas avec réflexion. La typographie, comme toute autre industrie, doit former le personnel qui lui est nécessaire ; elle y arrivera surtout en donnant à ce personnel des sécurités comme celles que les ateliers de l'Imprimerie nationale procurent au sien, grâce à la permanence du travail. A ce résultat-là on n'atteint que par la modération des prix, parce qu'elle amène et maintient la clientèle. La typographie parisienne aurait peut-être à se demander si une grande partie des impressions qu'elle exécutait autrefois ne sont pas maintenant données à la province, quand ce n'est pas à l'étranger (non seulement des impressions scientifiques ou de volumes, mais aussi des impressions commerciales et industrielles) par suite de l'élévation progressive de ses prix.

L'Imprimerie nationale ne peut pas accepter de former des ouvriers uniquement en vue de donner à l'industrie typographique des coopérateurs habiles; chaque industrie, en général, doit savoir se les procurer sans le secours de l'État. On est en droit d'exiger de cet établissement, dans la mesure praticable, qu'il se tienne à la tête de l'art typographique, que ses produits aient autant que possible le caractère de modèles pour l'industrie, voilà tout, et c'est ainsi qu'il comprend son rôle. La faveur que le public compétent accorde à ses publications prouve qu'il n'est point nécessaire de modifier son organisation pour qu'il remplisse bien ce rôle.

M. Dufaure avait donc toutes raisons, à la séance de l'Assemblée nationale du 11 décembre 1873, de dire, avec l'approbation générale :

« Il y a en elle (l'Imprimerie nationale) un grand établissement artistique et scientifique, frère de tous nos établissements les plus anciens et les plus respectables, lié à l'Institut, aux Archives, à la Bibliothèque nationale. Il ne faut pas légèrement le détruire. Personne n'ose dire qu'il faut le détruire; mais on dit : Gardez-le comme établissement scientifique, comme établissement artistique ; gardez-le avec toute la glorieuse réputation qu'il a dans le monde, nous y consentons ; mais qu'il n'imprime pas les papiers que les ministres ont besoin de publier.

« Si l'Imprimerie nationale n'avait d'autre mission que sa mission scientifique, que de faire de grands modèles de typographie, que de recueillir avec soin et de reproduire les caractères de toutes les langues connues dans le monde, afin de les mettre à la disposition des imprimeurs privés quand ils en ont besoin et quand ils

3

peuvent s'en servir, afin de les faire servir même aux impressions étrangères quand les étrangers n'ont pas la puissance et la richesse de notre Imprimerie nationale, il faudrait, du moment où elle ne recevrait plus le salaire que l'État lui donne, demander à l'État, par un article du budget, des crédits beaucoup plus considérables que les 500,000 francs qui font l'objet de notre débat. »

En finissant, une dernière observation est légitimée par les explications qui précèdent.

Peut-il être réellement question de retirer des profits à l'Imprimerie nationale, et d'en faire jouir l'industrie privée, au nom de l'inconvenance que présenterait une industrie d'État?

Tout au moins faudrait-il qu'il existât des profits particuliers dans cette prétendue industrie d'État. Or, que l'on regarde aux chiffres et qu'on les analyse. Les produits réalisés par l'Imprimerie nationale, en 1880, s'élèvent à 6,718,189 francs. L'établissement a dépensé :

1° Pour achat de matériel, 44,252 francs. Il est bien probable que l'industrie privée aurait fait aussi cette dépense; il ne peut y avoir un profit de ce chef;

2° En frais généraux, comprenant le personnel, l'entretien du matériel, celui des bâtiments et dépendances, 404,708 francs. Est-il moins à penser que l'industrie privée n'aurait pas été de même astreinte à cette seconde dépense? Est-il à croire, en tous cas, que si elle n'en avait fait qu'une partie, la différence constituerait une somme présentant un profit assez important pour être si obstinément recherché? On peut répondre non, ce nous semble;

3° En papiers ou matières diverses nécessaires, 3,851,434 fr. Évidemment l'industrie privée aurait aussi dépensé la même somme pour fournir des produits de même qualité; elle aurait dépensé davantage, qui plus est, si les produits à fournir avaient été

partagés entre beaucoup d'industries, puisque l'Imprimerie nationale bénéficie des rabais que procurent des adjudications portant
sur de fortes quantités. Il n'y aurait donc matière à profit sur cet
article, pour l'industrie privée, qu'autant qu'elle en abaisserait le
chiffre en fournissant au même prix des produits de qualité in-
férieure;

4° L'Imprimerie nationale a dû payer 2,068,057 francs de
salaires. Est-ce que l'industrie privée n'aurait pas eu à payer de
même cette somme? Admettons qu'en employant des femmes à la
composition, ou parce que quelques ateliers seraient hors de Paris,
elle eût obtenu sur ce chiffre quelque chose en moins : la différence
serait-elle suffisante pour constituer un bénéfice de nature à profiter à l'industrie libre dans des proportions notables? Non encore.

Enfin l'Imprimerie nationale a reversé au Trésor, en 1880, la
différence de ses dépenses à ses recettes, soit 349,735 francs,
quelque chose comme un peu plus de 5 p. 0/0 de ces dépenses.
Évidemment l'industrie privée ne peut pas avoir la prétention de
s'attribuer ce bénéfice, sans quoi elle demanderait tout simplement
à l'État de s'en priver pour elle.

Il reste donc démontré qu'il ne peut s'agir de transporter des
profits de l'Imprimerie nationale à l'industrie privée. Des profits ne
sauraient exister pour celle-ci que par l'abaissement de la qualité
des produits, ce qui serait nuire à l'État, ou par le relèvement du
prix de ces mêmes produits à qualité égale, ce qui serait le grever
en pure perte. C'est ce dont M. Crémieux s'était parfaitement rendu
compte pendant ses divers exercices ministériels, lorsqu'il disait à
l'Assemblée nationale, en 1851 : « Quand il n'y aura plus d'Imprimerie nationale, vous verrez ce que vous payerez. »

Une chose encore nous reste à remarquer.

L'État a, dans l'Imprimerie nationale, une usine à laquelle son
bon fonctionnement permet de faire, sans autres frais que ceux des

impressions courantes des ministères, la typographie de luxe de l'orientalisme et des corps savants; il a en elle, de plus, une usine dont il a su progressivement faire jouir le personnel, c'est-à-dire une population ouvrière de plus de 1,000 personnes (1,200 en juin 1883), de secours et de retraites regardées, par les esprits préoccupés du sort des travailleurs, comme les *desiderata* légitimes d'une démocratie laborieuse et sensée. Il a pu atteindre ce dernier résultat sans dépense aussi, uniquement par les soins d'une administration dévouée et par l'effet de sa gestion intelligente. Ces résultats précieux disparaîtraient pour faire place à une charge très onéreuse, si l'on venait à se rendre aux désirs des adversaires de l'Imprimerie nationale.

ANNEXES.

NOTE I.

EXCÉDENTS DE RECETTES DE L'IMPRIMERIE NATIONALE
OU BONIS RÉALISÉS PAR ELLE.

Dans les vingt-quatre dernières années liquidées, soit de 1858 à 1881, l'Imprimerie a prélevé sur ses excédents de recettes :

En acquisition de terrains, constructions nouvelles et grosses réparations......................... 1,090,333ᶠ 50ᶜ

En augmentation de matériel.......... 3,639,571 81

En impressions gratuites............. 960,000 00

En impression et distribution à titre gratuit du Bulletin des Lois et du Bulletin de Cassation......................... 1,534,100 00

} 7.224,005ᶠ 31ᶜ

Elle a versé au Trésor public dans la même période :

A titre d'excédents de recettes........ 1,728,115ᶠ 47ᶜ

A titre d'augmentation du fonds de roulement de l'Imprimerie................ 1,200,000 00

} 2,928,115 47

Elle a versé à sa Caisse spéciale de secours et de retraites qui fait l'objet de la Note II (décrets des 17 novembre 1865 et 22 novembre 1869)................................. 1,464,418 00

TOTAL des bonis de 1858 à 1881............... 11.616.538 78

A ce total il faut ajouter 250,000 francs d'abaissements de tarifs opérés de 1871 au 31 décembre 1881, formant au total pour les dix années............................. 1.800,000 00

TOTAL GÉNÉRAL des bonis des vingt-quatre années... 13.416,538 78

Soit en moyenne 560.000 francs par an, chiffre rond.

Les bonis croissent naturellement avec la somme des dépenses, celles-ci représentant la production, et la production devant laisser d'autant plus d'excédents de recettes que le mouvement de l'usine est appliqué à plus de travail. Il a paru utile de comparer entre eux les chiffres de dépense annuelle et ceux des bonis. On a pris, à cet effet, la période des seize années expirées au 31 décembre 1881, les documents ne permettant pas d'être bien assuré de l'exactitude des calculs au delà de l'année 1866. Cette comparaison se trouve résumée dans le tableau suivant, où les résultats sont groupés par périodes de quatre années en raison des variations qui se produisent d'une année à l'autre. Ces variations proviennent de circonstances accidentelles inévitables, comme le plus ou moins d'élévation de la valeur des matières en magasin au 31 décembre, l'encaissement plus ou moins complet des produits des commandes, etc., d'où naissent des différences en plus ou en moins très sensibles et ne se compensant qu'avec le temps.

Il résulte du tableau de la page 39 que la moyenne des dépenses, qui était pour 1866-1869 de *4,435,400 francs,* s'est élevée dans la dernière période à *6,259,800 francs,* soit dans la proportion de *41 p. o/o,* tandis que la moyenne des *bonis* a *doublé.* On voit donc que la proportion des bonis croît à mesure que la somme des travaux augmente; on voit aussi que le contraire n'est pas moins vrai.

A réduire les travaux de l'Imprimerie nationale, on réduirait immédiatement les excédents de recettes. Il est aisé d'entrevoir le point où l'établissement, au lieu de bénéficier à l'État, deviendrait pour lui une charge. Si la somme des travaux retombait, par exemple, aux 4,435,400 francs de 1866-1869, les bonis seraient réduits à 254,000 francs. Or, comme de 1872 à 1881, il a été fait des abaissements de tarifs s'élevant à 250,000 fr. il ne resterait plus que 4,000 francs de bonis; c'est-à-dire que déjà l'on serait en déficit, le prix des choses s'étant accru beaucoup depuis 1872.

ANNÉES.	MONTANT DES DÉPENSES.			BONISE.			OBSERVATIONS.
	PAR AN.	PAR PÉRIODE DE QUATRE ANS.		PAR AN.	PAR PÉRIODE DE QUATRE ANS.		
		Effectives.	Moyennes.		Effectif.	Moyenne.	
1866	4,463,385 95			111,892 63			
1867	4,419,767 96			218,749 59			
1868	4,579,263 4?	17,741,613 16	4,435,403 29	203,451 12	1,016,292 61	254,073 15	5.72 p. 0/0
1869	4,489,192 83			483,199 27			
1870	4,223,861 50			528,763 56			
1871	3,429,032 93			380,044 56			
1872	5,568,098 5?	18,136,371 10	4,534,092 77	663,631 49	1,575,739 61	393,934 90	8.68 p. 0/0
1873	4,913,538 15			404,117 56			
1874	5,186,601 75			526,168 67			
1875	5,253,283 38			460,151 61			
1876	5,663,733 61	21,981,600 68	5,495,400 17	566,555 97	1,936,993 81	484,248 45	8.78 p. 0/0
1877	5,969,091 94			683,312 68			
1878	6,101,746 73			546,833 00			
1879	3,846,309 54			799,210 00			
1880	6,368,652 56	25,039,331 61	6,259,807 90	...	2,886,633 39	721,658 35	11.53 p. 0/0
1881	6,766,822 78			867,277 71			
TOTAUX	83,896,816 55	83,896,816 55	20,724,304 13	7,409,659 42	7,409,659 42	1,852,414 85	

(1) Dans le chiffre des boni ont compté la valeur des abaissements de tarifs successivement consentis, savoir :

En 1872 60,000
En 1873 60,000
En 1874 60,000
En 1876 60,000
En 1880 50,000

Ensemble 260,000 francs, formant, au 31 décembre 1881, la somme totale de 1,800,000 francs.

(2) Par suite des événements politiques, les dépenses ont excédé les recettes.

NOTE II.

PARTICIPATION DU PERSONNEL AUX BÉNÉFICES.

L'Imprimerie nationale fait jouir depuis longtemps son personnel tout entier de la participation à ses bénéfices, c'est-à-dire aux excédents de ses recettes sur ses dépenses.

Il a été expliqué que l'Imprimerie nationale était instituée pour ne pas faire de bénéfices. Elle est créée pour procurer à l'État, *au mieux de la typographie moderne* et en même temps *au plus bas prix possible,* les travaux dont il a besoin, étant donnés le taux courant des salaires et celui des papiers, des matières ou du matériel. Elle répond parfaitement à ce *desideratum.* Mais elle n'a en vue ni pour mission de faire des bénéfices, n'étant pas une industrie. Les soins de son administration et l'application de ses forces à une production importante ont toutefois ensemble pour résultat d'amener des excédents de recettes sur les dépenses, quoique celles-ci aient été calculées sur des tarifs revisés chaque année dans un Conseil formé d'un représentant de chaque ministère. C'est un détail que ne peuvent apprendre qu'avec plaisir les personnes qui s'élèvent contre les charges excessives dont l'existence de l'Imprimerie nationale les grèverait en tant que contribuables.

Ces excédents des recettes sur les dépenses, l'Imprimerie les verse à l'État à l'expiration de chaque année. Que fait l'État de ces excédents? Il en fait deux parts :

La première est destinée à entretenir, à étendre et à outiller l'Imprimerie, à lui fournir son fonds de roulement et à abaisser ses tarifs; elle n'a jamais reçu un centime de l'État, sinon sous forme de prélèvement sur les excédents de recettes.

La seconde part est destinée à bénéficier à son personnel. Pour ne parler que des vingt-quatre dernières années liquidées, de 1858 à 1881, l'Imprimerie nationale, quoique ayant réalisé 250,000 francs d'abaissements de tarifs successifs, a rapporté à l'État, on l'a vu, 11 millions et demi d'excédents de recettes. Sur ces 11 millions et demi, 1 million et demi a été affecté à son personnel.

L'État a pensé, il y a longtemps, qu'il devait faire participer le personnel tout entier de l'établissement, ouvriers et employés, hommes et femmes, à ses bonis réalisés. Il a considéré que le mode de participation le plus avantageux pour eux consisterait en secours de maladie et en pensions de retraite, c'est-à-dire en une assistance permettant aux faibles ou aux malades de mieux faire face aux privations de travail provenues des accidents de santé, en même temps qu'en une capitalisation continue d'épargnes dont les intérêts leur constitueraient un revenu à l'âge où les forces s'affaiblissent, revenu transmissible à leurs veuves. Dans ces vues, l'État a fondé la *Caisse de secours et de retraites de l'Imprimerie nationale*. Il a abandonné pour cela :

En 1811.	20,000 francs.
En 1820.	758,871
De 1865 à 1873.	1,464,418
Au total.	2,243,289

On voit que la mesure de la participation s'est accrue à mesure que la préoccupation des esprits a été portée davantage du côté de l'amélioration du sort des classes ouvrières. Les 1,464,418 francs consacrés par l'État à la formation du capital de la caisse de 1865 à 1873 représentent 12 p. o/o des bonis réalisés par lui dans l'établissement durant cette période de neuf ans.

La caisse est alimentée, en outre : *de la part des ouvriers,* par la retenue de 3 p. o/o sur les salaires et par les amendes: *de la part des employés,* par la retenue de 5 p. o/o sur les traitements, par la retenue du premier douzième du traitement d'abord, puis de chaque augmentation de traitement.

De quels avantages la caisse fait-elle jouir les ouvriers? Les voici. Ils sont droit :

1° A des secours de maladie pouvant atteindre 135 francs par an:

2°. A une pension de retraite variant de 365 francs à 500 francs pour les femmes, de 550 francs à 800 francs pour les ouvriers, de 400 francs à 600 francs pour les hommes de service, de 700 francs à 1,000 francs pour les contremaîtres. La réversion en faveur des veuves s'effectue dans la proportion du tiers aux deux tiers; il n'y est mis aucune condition sinon que le mariage ait eu cinq ans de durée et qu'une séparation de corps n'ait pas été prononcée à la demande du mari. Les services militaires et ceux rendus dans les administrations de l'État comptent dans le calcul des années de service.

Les avantages de la caisse sont acquis : quant aux secours de maladie, dès le jour de l'inscription sur le registre matricule; quant à la pension de retraite : pour tout le personnel, à tout âge par trente années de services, à soixante ans d'âge par vingt-cinq années de services et à vingt-cinq ans de services sans conditions d'âge en cas d'infirmités. En outre, le personnel a la possibilité d'obtenir, en cas d'infirmités, une pension proportionnelle : après vingt ans de services si les infirmités ont été contractées dans l'exercice de la fonction ou du travail, et sans condition d'âge ni de durée de services si elles résultent d'un accident provenant de l'exercice de l'emploi ou des travaux.

La participation aux bénéfices sous la forme de secours et de pension de retraite a été jusqu'ici adoptée par la plupart des usines ou sociétés industrielles qui ont voulu sérieusement réaliser ce progrès dans leur sein; mais l'Imprimerie nationale est peut-être l'usine qui l'a réalisé sous cette forme de la manière la plus fructueuse. A cet égard, il faut considérer le capital assuré à chacun et le nombre des participants. Or, d'une part, la retraite de 550 francs représente un capital de 14,685 francs; la retraite de 800 francs en représente un de 21,360 francs. La retenue de 3 p. o/o sur les salaires en 1882, année jusqu'ici la plus forte, a produit 72,850 fr. pour un nombre moyen de 1,200 personnes; c'est environ 60 francs par tête : une contribution annuelle aussi minime (et il ne paraît guère possible d'élever la retenue d'où elle provient) ne produirait qu'un capital peu supérieur à 3,000 francs après trente ans ! D'autre part, 27 p. o/o du personnel actuel jouit de pensions de retraite; il y a 350 pensionnés pour 1,307 personnes présentes.

La caisse des secours et retraites de l'Imprimerie nationale possède actuellement un fonds capital de 182,000 francs de rente. Les deux tiers de ce fonds capital proviennent de l'abandon fait par l'État sur ses bonis, à savoir 118,747 francs de rente; c'est 65 p. 0/0 du fonds lui-même.

L'état de situation de la caisse est affiché, chaque trimestre, dans l'intérieur de l'établissement, afin que tous les intéressés soient à même de connaître les pensions éteintes et les pensions liquidées pendant le trimestre échu, dès lors les disponibilités pour le trimestre suivant.

Juin 1883.

www.ingramcontent.com/pod-product-compliance
Lightning Source LLC
Chambersburg PA
CBHW061656180626
46818CB00003B/1132